21世纪华语诗丛·第三辑

韩庆成／主编

北方的雨

老家梦泉　著

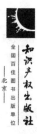

知识产权出版社

全国百佳图书出版单位

——北京——

图书在版编目（CIP）数据

北方的雨/老家梦泉著. —北京：知识产权出版社，2020.9
（21世纪华语诗丛/韩庆成主编. 第三辑）
ISBN 978 - 7 - 5130 - 7090 - 4

Ⅰ.①北… Ⅱ.①老… Ⅲ.①诗集—中国—当代 Ⅳ.①I227

中国版本图书馆 CIP 数据核字（2020）第 141359 号

责任编辑：兰　涛		责任校对：谷　洋	
封面设计：博华创意·张冀		责任印制：刘译文	

北方的雨

老家梦泉　著

出版发行：知识产权出版社有限责任公司	网　　址：http://www.ipph.cn	
社　　址：北京市海淀区气象路50号院	邮　　编：100081	
责编电话：010 - 82000860 转 8325	责编邮箱：zhzhuang22@163.com	
发行电话：010 - 82000860 转 8101/8102	发行传真：010 - 82000893/82005070/82000270	
印　　刷：三河市国英印务有限公司	经　　销：各大网上书店、新华书店及相关专业书店	
开　　本：880mm×1230mm　1/32	印　　张：6.75	
版　　次：2020年9月第1版	印　　次：2020年9月第1次印刷	
字　　数：73千字	全套定价：218.00元（共十册）	

ISBN 978 - 7 - 5130 - 7090 - 4

新世纪诗歌的一份果实

赵金钟

基于今天的语境，我们似乎可以下如此断语：网络引领了21世纪的诗歌。毫不夸张地说，当下最强劲的诗歌"潮流"是网络诗歌。它凭着新媒体的优势，以一种新的审美追求，猛烈袭击着纸媒诗歌，对传统诗学提出了挑战。所以，我们讨论新世纪诗歌，无论如何也绕不开网络诗歌。网络诗歌给新诗创作带来了新的元素。与此同时，由于其临屏书写的自由，又给网络诗歌自身，进而给整个诗歌创作带来了新的问题。这也是我们讨论新世纪诗歌必须参照的"坐标"。

一

进入21世纪以来，利用互联网进行创作或发表诗歌作品的现象十分活跃。学术界或网络界一般称这类诗歌为"网络诗歌",也有人称之为"新媒体诗歌"(吴思敬)。它的出现给诗歌的创作与传播带来了深刻的影响,"在改变了诗歌传播方式的同时,也改变着诗人书写与思维的方式,并直接与间接地改变着当代诗歌的形态。"[1]它给诗坛带来的冲击力不啻为一次强力地震,令人目眩,甚至不知所措。赞成也好,不赞成也好,网络诗歌就不由分说地站在了我们面前,并改变着传统媒体诗歌业已形成的写作传统,直至形成了新的审美体系。韩庆成在《中国网络诗歌20年大系》的序言中认为,网络诗歌在诗歌载体、诗歌话语权、诗歌界限和标准、诗人主体、先锋诗人群体五个方面,对传统诗歌进行了"颠覆"。[2]

网络诗歌首先带来了诗歌写作的极端自由性。这是传统诗歌无法企及的。网络是一个极其自由的场域。它的匿名性和虚拟性创造了一个"去中心"或"多中心"的民主意识形态空间,以让写作者自由地临屏徜徉。网络作为巨大而自由的言说空间,为诗人存放或呈现真实的心灵提供了广阔无边的平台。这一写作环境给予写作者空前的"自主权",使得写作真正实现了"自由化"。自由是网络诗歌的灵魂,也是新诗写作的灵魂。然而,由于各种诗人难以自控的外力的影响,纸媒时代,诗歌的这一"灵魂式"的特性却常常难以完全呈现。这种状况在自媒体出现的时代得到了极大的改观,网络诗歌引领诗歌写作朝着深度自由发展。

当然,过度的"自由"也带来了一些麻烦:有的诗人任马游缰、信手写来,使得他们的诗作常常在艺术上与责任上双重失范。这不是自由的错。但它提醒诗人:艺术的真正自由不是"无边界",而是在有限中创造无限,在束缚中争得自由。自由应是创作环境与创作心态，而不是创作本身。无节制的"自由"还带来了另一种现象："戏拟、恶作剧心理大量存在，诗的反文化、世俗化、极端个人主义倾向非常明显。"[3]这在一定程度上损害了诗的健康发展，需要我们高度警惕。

我欣喜地看到，"21世纪华语诗丛"这套专为网络会员和作者服务的"连续出版的大型诗歌丛书"，正是在这样的背景下应运而生。丛书第三辑的十位诗人，在网络诗歌时代恪守着诗歌的艺术"边界"，他们各具特色的诗歌作品，从某种意义上，代表了当今网络时代诗歌的"正向"水准和实力。

二

生活化，是新世纪诗歌写作的另一重要审美追求。这里的生活化，既是指诗歌写作贴近现实生活，表现生活的质感和生命，又是指写作是诗人们的生活内容，是他们为自己生产消费品的一部分，更是他们实现自我价值的重要途径。

在《1844年经济学—哲学手稿》一书中，马克思首次把人类的本质规定为自由、自觉的生产活动，并明确指出："宗教、家庭、国家、法、道德、科学、艺术，等等，都不过是生产的一种特殊方式，并且受生产的普遍规律的支配。"[4]在此处，马克思在将艺术活动看作一种生产的同时，又将它与政治、法律、宗教、道德等活动一同作为整个社会生产的一种特殊的精神生产形式加以论述。根据马克思对社会历史客观过程的分析，人类生活可分为物质生活与精神生活两大领域。为了满足自身这两种生活的需要，人类必然要从事物质的和精神的生产。同样的道理，诗歌写作其实也是写手们在为自己、扩展而为人类生产精神产品，并在这一生产过程中完成自我价值的实现。

从这套诗集中，我们能够感觉到写作对于诗人的重要性。它对于诗人，是为了释放，为了交流，也是为了提升，为了自我实现。因此，写作成了他们生活的重要内容，是他们向世界发声或讨要生活的工具。

　　从此，不从地下取水 / 我的井在天上 / 不再吃尘埃里的一粒粮食 / 我的粮仓在云上

——黄土层，《纺云》

像这样的诗歌，以极简约的文字呈现着来自生活的深刻感悟，就是难得的好诗。新世纪诗歌存在着一种重要现象，即大量被往常诗歌所忽视或鄙视的形而下情状堂而皇之地进入诗的殿堂，并被诗人艺术性地再造或再现，是生活化或日常化的一个重要递进。

三

新世纪诗歌的后现代性已为学界所关注。实际上，后现代性早在 20 世纪"新生代"即"第三代"诗歌那里就明显存在了，且引起了不小的争议。而在新世纪，它似乎表现得更明显和更深入。"后现代主义"的介入，给中国诗歌带来了相当大的冲击，甚至可以说，它深度改变了中国当代诗歌发展的格局。

后现代性感兴趣的是解构。西方后现代主义哲学，即乐意

从不同层面解构传统的逻各斯中心主义，消解以逻各斯为中心的关乎"规律与本质"的意义结构。它的突出特征是解构宏大叙事，消解历史感，具有"不确定的内向性"。而受其影响的新世纪诗歌中的后现代性，则又具有"平面化""零散化""非逻辑性""拼贴与杂糅""反讽与戏拟""语言游戏"等特点[5]。如果细数这些特点的优点的话，则可能"反讽与戏拟"更有较为永恒的诗学价值与审美意义。也正是在这一点上，新世纪诗歌为中国诗歌提供了可贵的新元素。

> 如今我活着 比任何一个死人都坚强 / 像一株无花果 敢于没有和不要 / 我的自在 不再是花开不败 / 而是不开花
>
> ——高伟，《第1朵花：无果花》

这首诗有着明显的"后现代主义"色彩：反讽、反仿、反常理等。诗人以一种略带调侃的口吻消解主题的严肃性和目的。这是"后现代主义"反叛"古典主义"和"现代主义"，消解中心、解构意义价值观的体现。不过，剥去这些表象，单从取材角度和情感取向来看，这首诗歌还是较为清晰地表现了诗人对于生命价值乃至人类某种崇高性的思考。

第三辑中的每部诗集，都有可资圈点之处。马安学的《谒宋玉墓祠》：隔着两千多年的距离/踏着深秋的落叶，我去看你；老家梦泉的《北方的雨》：在北方/雨水/是你梦中的情人//深闺的围墙/总是/高高的；赵剑颖的《槐花开》：五月，白色花穗从崖畔/垂挂亿万串甜香，春天已经走了；香奴的《幸福的分步式》：把红酒倒在杯中三分之一处/我总是停不下来//要么斟满，要么一饮而尽/我不喜欢幸福的分步式；于元林的《我们相逢在一朵古老的泪花上》：这个春夜 天空缓缓降下/银河如大街一般 亮着灯光/我们相逢在一朵古老的泪花上/我们要到初醒的蛙鸣里去说话；南道元的《谷雨》：谷雨断霜，埯瓜点豆/持续的降雨不会轻易停止/在南方/春天步入迟暮；钟灵的《晒薯片》：田畴众多。越冬的麦苗上/细长而椭圆的红薯片/宛然青黄不接时，乡亲们饥饿的舌头；袁同飞的《童谣记》：时光那么深，也那么久/遥远的歌声里，仿佛能长出翅膀/长出枯荣。像这样出彩的诗句，诗集中俯拾皆是。这些作品，都凝聚着诗人独具个性的诗性体验。是啊，诗是一种高度个性化的"物种"，只有那些异于常人的观察、发现、体验，才能发出个体的味道。跟"文"（散文、小说等）相比，诗更看重内情的展示，看重结构上的化博为精、化散为聚，看重将"距离"截断之后的突然顿悟。因为"人们要求的是在极短的时间里突然领悟那更高、更富哲学意味、更普遍的某个真理。这可以是诗人感情的果实，也可以是理性的果实。诗没有果实，只有'精美'的外壳（词句、描绘）是一个艺术上的失败。"[6]

　　"21世纪华语诗丛"第三辑，正是新世纪繁茂的诗歌大树上结出的"感情的果实"。

　　（作者系岭南师范学院文学与传媒学院院长、教授，广东省中国当代文学学会副会长。）

参考文献：

[1] 吴思敬. 新媒体与当代诗歌创作 [J]. 河南社会科学，2004（1）：61–64.

［2］韩庆成. 颠覆——中国网络诗歌 20 年论略［G］//韩庆成，李世俊. 中国网络诗歌 20 年大系. 悉尼：先驱出版社，2019.

［3］王本朝. 网络诗歌的文学史意义［J］. 江汉论坛，2004（5）：106 - 108.

［4］马克思. 1844 年经济学—哲学手稿［M］. 北京：人民出版社，1979.

［5］张德明. 新世纪诗歌中的后现代主义文本浅谈［J］. 南方文坛，2012（6）：84 - 89.

［6］郑敏. 诗歌与哲学是近邻：结构 - 解构诗论［M］. 北京：北京大学出版社，1999.

目　录

CONTENTS

北方的雨

在北方
雨水
是你梦中的情人

深闺的围墙
总是
高高的

践约
被一次次
枯萎

撒出去的网
空了
又空

忽有一天
一双清凉的手
伸进你的倦意

呼呼啦啦的啼哭

溅起
满地的土腥

你来不及准备
来不及准备
那五彩缤纷的幸福——

一下就蹿出了你的梦境

2018 年 9 月 14 日

小　静

小静在我这打工
不! 在几处打工
时不时请假
怕我把她辞了
难为情地说
叔叔，我现在需要钱
学费还没交
周末有些零活
工资高些
让我去干吧
别辞我
您这固定
还有饭吃

我听了
直掉眼泪
几十年了
国家发展了
穷人
反倒被困进了
学费

2014 年 10 月 1 日

夜 色

提速
生风
行驶在闷热里
夜色
也褪不去我满身滴淌的辛劳

他
却没法提速
蹬着装满破烂的三轮
左一把汗水
右一把汗水
被生活的鞭影
追赶着

看不清面目的老叔呀
就这样
被我这并不快的快车
落下
消失在更深更深的
夜色里

2015 年 7 月 13 日

白鹤亮翅

白鹤镇
是我姥姥的故乡
背负着滚滚的黄河涛声
几千年来数次亮翅
从龙马负图
到八百诸侯会盟，到刘秀大葬……

历史蔓延到今天
已听不见那些沉重的回响
老亲也旧了再旧，形同陌路
唯有黄河岸边
那无尽的芦苇丛里
一群群白鹤
鸣得亲切，展得给力

2015 年 8 月 17 日

面　锅

面锅装满水
不是目的
它需要点燃
需要向沸腾奔跑
沸腾也不是目的
它还要
将人们的需要
带向沸腾
一而再
再而三

没有需要时
它就那样蹲着
随时准备
向人们的需要
奔跑

2014 年 6 月 4 日

农村妇女

进来一对夫妇
看了半天
女的说：来两碗带汤的，茄汁吧
男的打断说：我不要，不饿
那就一碗吧

面很快端上
男的眼睛一亮，拉过去
吧唧吧唧，一顿猛吃
眼看所剩无几，推过去
女的也不作声
面对稀汤寡水
呼噜呼噜吃个精光

望着她们远去的背影
我忽然冒出一句
这就是——
农村妇女

2015 年 9 月 28 日

木　鱼

木鱼声声
敲破夜色，拱出一轮湿漉漉的朝日
欲望的鱼儿们，欢呼雀跃

木鱼声声
敲落一轮疲日，飘下漫天纯白的雪
鱼儿们一条条沉下，归位

木鱼声里
我就像一条顿悟的鱼
游向深寺
一步一个静，一步一个静，一步一个静

2015 年 12 月 5 日

针

以犀利著称
却含有万般柔情

刺破是为了更好地缝合

也有它刺不破的
颔首一笑
缝一个软，将它俘获

2015 年 12 月 9 日

嵖岈山

伏牛余脉，一坨一坨的
一半裹着青翠，一半裸露着坚硬
最高的，像五指伸进天空
太阳爬上去，又跳下来
溅起无数的蛙鸣

靠近你，泡进你的温泉，溶进你的竹林
骨子里一点点长出坚硬
仿佛走进你的深心

夜已深，隐约可见你匍匐的身影
明天的灿烂，正被你一点点地拱出

2016 年 6 月 10 日

七十多岁的清洁工

干瘦，干瘦的
刀刻般的皱纹，铺满她的山河

满头的白发，翻翘着
似岁月凝结的冰霜

细而罗锅的双腿，紧绷着一条弹力黑裤
显得滑稽而又脆弱，仿佛一阵风就能把她折断

今天忽见她拉满一车的垃圾往门口送
坚定的步伐，像一株不管不顾伸向高空的藤蔓

2016 年 7 月 21 日

一张照片

水天一色，灰蒙蒙里
有暗红浮动

看不清走向
增一分，减一分
是两朵迥异的花

常常深陷此境
点亮的少，熄灭的多
让我欣慰的是
总能在黑暗里撑起一个个明

2016 年 10 月 5 日

小推车

擦亮夜色
无数辆小吃车
滚动成一条河流
宣泄

单薄的土地
留不住被撬动的期盼
一辆辆三轮
告别故土
驶入梦幻般的城市
就近的便宜都拆光了
无奈挤上疼痛的高楼
没有嘶哑的叫卖
就得闭上吃饭的嘴
星星月亮都用尽了
也长不高收成的苗
最恨那
提心吊胆
大盖帽、制服随时都会
出现
……

再难也不能说

得给娃们

挣个出路

2014 年 10 月 16 日

秋荷图

荷半残
枯黄紧追赶
独有一红高擎
恨无应者团

西阳忽被浓云卷
飞来阵阵清凉
未到残破声已悲
雨打
荷倒翻

2014 年 9 月 25 日

雨中小景

深秋近晚微雨横

浓雾锁真容

一袭红衣穿云过

惊动垂钓人

相视一笑

各自静

几分温暖意

共度清凉境

2014 年 10 月 20 日

围　观

一场打斗
正在激烈进行
围观者也陷入亢奋
一个个探头探脑
为跌倒者加油
私下里默数着
一　二　三
起

练地摊卖炒面的老张
一身铁骨
也难敌城管们的围攻
奋起几次后
终于力不从心
瘫倒在地上
令围观者失望
能给他鼓舞的
只有老婆的啼哭
及幼女的
尖叫

2014 年 10 月 24 日

冬　日

想是燃烧了一夜吧
不然
怎么你一露头
天边就飞满
火红

温度还是太低了
枯黄的冷叶
泛不起
半点热情
我背靠荒岭
远远地
望你
似乎感到点暖
但更多的
还是冷

别太专注涂抹
深入土地的肌肤吧
有多少小生命
等待你
越冬

2014 年 11 月 12 日

金黄的杨树林

金黄的天
金黄的地
像一把火
把寒冬烧出个窟窿

2014 年 11 月 25 日

营面者

没有师傅，我就是师傅
没有长工，我就是长工
钟点工是有的
都是些绿油油的学生
她们让我返青
我让她们成熟

大多是我一个人孤独着
偶尔晃过投资炒股的残相
所有酱料都是在家做好的
店里只做些配料的事情
不做凉热菜
就是面
任何事情，做精了
就是专家
听任面机和菜刀翻飞
沉下的
是一颗纯粹的
诗心

到了饭点

是沸腾的时候

各种语言翻卷着，咆哮着

从我和学生们的脸上滑过

留下一道道

生活的

尘迹

持久战是不要的

到点就关门

那是我一天最快乐的时候

溶进春风

溶进夏雨

溶进冬雪

溶进秋黄

溶进太阳和月亮

不经意间

一首小诗呱呱坠地

带着一股淡淡的

土腥

2014 年 12 月 18 日

歪把枣树

老家深院里

有棵歪把枣树

弯弯的树干

像奶奶扭曲的脊背

想起它

少年　就绿了

童趣　就红了

眼睛　就湿了

尽管它早已不在了

可依旧

鲜活在我的心里

那是一个放学的中午

粗大的树干被伐倒在地

绿油油的枝杈铺满小院

我问为啥要刨掉它

大人说要盖房子

它有点碍事

你不知道

我有多伤心

再也无法爬上它

看青瓦房顶
看邻家小院
看附近街道
看白马寺古老的高塔

后来
它被做成了织布机
砰嗒，砰嗒地
织满我的少年
……

如今 我也长大了
也有一个弯曲的经历
就像那棵
歪把枣树

2014 年 12 月 21 日

大　地

大地你有话
就是不说话

承载能承载的
奉献能奉献的
化解能化解的
埋下能埋下的
还有你不能忍的
你忍下
还有你不能吞的
你吞下
不管有多苦
你就是不说话

有人说春绿是你的话
有人说浪花是你的话
有人说海啸是你的话
有人说地震是你的话
究竟是不是
你依旧不说话

2014 年 12 月 27 日

萝 卜

拔出一个萝卜
带出一团泥
拔出一个萝卜
带出一团泥
又肥又大的萝卜
红扑扑 白生生的萝卜
可惜心坏了
不切开 你还看不出
还是那么青翠
还是老百姓的
看家菜

可怜一地的萝卜
有没有好的？
一化验
水污染了
土地污染了
种子变异了
可怜一地的萝卜呀
真让人心疼

2015 年 1 月 6 日

鞭 炮

深冬的夜
谁家又燃起了鞭炮
一闪一闪的
荡出一股淡淡的年味
嗅着 嗅着
就回到了童年

过年了
大人给点零花钱
买挂一百头
可舍不得一下放了
要一个个拆开
一个个放
放满整整一个春节
放进十五的月亮

不知不觉
岁月就跑了这么远
就像那挂鞭
越放 越少
越放 越沉重
越放 越不敢放

2015 年 1 月 7 日

鱼

老婆爱吃鱼

却看不得杀鱼

杀活鱼

我更是

甚至也不爱吃

所以 老婆经常买些活鱼

回家养着

我负责每天换水 喂养

哪天 哪条鱼死了

我们就把它炖了吃

有些鱼

很会适者生存

活得很壮实

我们渐渐成了朋友

每天换水

它们都会欢天喜地地舞蹈

我也吹几声口哨

击一阵响掌

与它们互动

它们可能不知道
我就是将来要吃它们的人
但是 它们一定知道
我是每天给它们快乐的人
有时候
我瞧着瞧着
就把它们看成了人
看成了在刀尖上舞蹈
在死亡线上挣扎的
人

2015 年 1 月 26 日

半晕寻诗记

外孙女过百天
亲朋好友们聚在一起
摆了几大桌
不喝酒的我
也被推搡着喝了不少
车是开不成了
让老婆开了去
我要
上街逛逛

摇摇晃晃
游进一家书店
竟没有诗歌专柜
也没什么新诗
寒心呀
此处不留爷
自有留爷处
走

晕晕乎乎来到人民路
路边报摊上

竟有一份大标题谈诗的
哈哈，余秀华
买了

总算来到郑州最大的书店
靠里倒有几个诗柜
就是没几本新诗
好在有一本《诗歌风赏》
开篇是宫白云老师的几首新诗
因平时有些短信来往
感到很亲切
……

我也不知道
是怎样上的出租
只记得嘴里不住地嘟囔
孩子百天成长了
新诗百年冷落了
你不关心别人
别人也不关心你
你让别人看不懂
别人干脆就不看你
你就自己跟自己
玩吧

2015 年 2 月 9 日

肉

每天买肉
注意力都集中在它的颜色上
没想到别的

今天上高速
发现一个拉猪的货车侧翻
满地的残猪
嚎叫着
呻吟着
血色泛着红光
我忽然意识到
我是每天吞食它们的人
吃它们的心
吃它们的肝
吃它们的腿
吃它们的脚
甚至吃它们的脸

我是一个满嘴仁义道德的人
怎么会这样呢
哦！因为它们是畜生

我没有把它们当人看
在这个世界上
一些生命
就是为了另一些生命的快乐
而生，而死

呜呼！悲催！
我怎么还是不能坦然呢?！

2015 年 3 月 5 日

玉兰花

一场纯白的花事
转眼就败了
就像我们的青春
那干瘪的花瓣
是隐忍的叹息
一夜凄雨
更是满地的伤心
风儿也举不起
那沉重的
痛

该飘落的
还在飘落
该凸起的
仍在凸起
一树的新绿
与一树的枯白
就这样纠结着
各自走远

2015 年 3 月 19 日

春

该绿的时候
大家都在说春的话
跳新鲜的舞

你不能不让别人说话
也不能让人家说同样的话
更不能以纯白的口气
封堵别人的嘴
其实
那也没用
有多少次冰封
被蜡梅
咬破

2015 年 3 月 30 日

美

古色古香的藤筐
装满碧绿碧绿的
新茶
美不胜收
谁也没想到
她们私下里
正掐架呢——
你不适合我
你更配不上我

美这东西呀
往往自己看不见
都闪亮在
别人的眼睛里

2015 年 4 月 7 日

鸢 尾

平地走得踏实

终于又挺起了腰身

青翠地展呀展的

把一抹抹细秘的心事

收紧

是谁

紧推那么一步

就呼啦啦地飞出——

无数只欢快的蝴蝶

梦一样紫色的

蝴蝶

把一个叫鸢尾的姑娘

喊醒

2015 年 4 月 16 日

荷

四月里
我一次次磕开池塘的静谧
探寻她的消息

一次次失望
绿了又绿的草儿
是我疯长的思念

想来
越是纯美的路
走得越是艰难

终于突破四月的世俗
把一抹抹圆润
点亮

后面的路
大家都看得见
我就是想看看她
出阁时的
模样

2015 年 4 月 29 日

窗　口

朋友
当你离开母校
远航出走
请带我看望
那熟悉的窗口
那里有我四年的梦幻
那里有你执着的追求

忘不了哇——
那夜归后的喧哗
脚盆里的水头
高床下的戏语
卧榻上的妙酬
啊！朋友
请带我
看望那熟悉的窗口

啊！朋友
当你飞越中原的上空
请不要忘了你昔日的朋友
他正沿着空旷的河道奔跑

一颗期冀的心啊
就是那随风飘起的气球

啊！朋友
请带我喝杯
你出征的喜酒

1983 年秋

断树新芽

被拦腰砍断
憋了一肚子火

春天来了
我要燃烧
树说

飘来不屑的讥笑
头都没了
还哆嗦

树急了
咯吱咯吱一蹿
吐出一抹绿
蹦出一个活

2014 年 4 月 6 日

葫 芦

俗话说：瓜熟蒂落
有几个能踏踏实实地走完?

不是自己急着下架
就是被别人猎奇拿下

时间的展台上
一个个陷落

倒是那只被浓叶覆盖的
被人遗忘的
悄悄撑起了葫芦的
身份

2015 年 8 月 23 日

中　秋

中秋

又小跑着　赶过来

撞痛我的　思念

我真不敢奢望　会有一轮又圆又大又明的月亮

这之间有太多的　变数

它每每　使我受伤

还是走在　它的前面或后面吧

一点点地　丰满自己

或一点点地　消解自己

其实这些年

最让我幸福的

还是它那　不期而遇的模样

2015 年 9 月 26 日

初 恋

不期而遇
又悄然离开
她走了
不！她又重来
像一片飘然出浴的荷叶
在我碧澄碧澄的湖中摇摆

不期而遇
又淡淡地离开
她走了
不！她又停下来
是一颗夜津雾润的露珠哟
为什么糅不进我碧绿的叶
合不上我舞动的拍

不期而遇
又静静地离开
她走了
不！她再没回来
像一抹飘逝的彩云
把我纯纯的思念掳去
把我乌黑的鬓发染白

1983 年春

芦 花

十月的风
吹开一池的芦花
白花花地翻卷着
似能听到岁月的涛声
四下飘零的枯黄
应是无奈的叹息
多么快呀！一转眼
就到了挂果的季节
就像
鬓角泛白的我

夕阳斜照
荡起一层层金波
红光里泛着白
白光里透着红

2015 年 10 月 20 日

夜　行

飞驰，飞驰
惊起沉重的夜色

一边是无数的白光
一边是无尽的红亮
各自赶着自己的路

一弯明月，高挂西天
你可曾听到这滚滚的涛声
可曾嗅到这相向而行的隐秘之味

2015 年 9 月 21 日

等

等

是一座大山

背后有我的鸟语花香

有我的茂密山林

有我的深涧飞瀑

有我的千尺幢，百丈崖

我不会再像过去那样

瞎马乱撞

我要守住这片土地

煅打一把

属于自己的

剑

2015 年 10 月 17 日

我多想化作这样一只神鸟

在地上
能看到被高楼、树木托起的天空
在楼顶
能看到天空下一片片楼房和树林
在飞机上
能看到白云下蜿蜒的河流和起伏的山峦
在飞船上
能看到更多明亮的星星和我们居住的地球
当然，在梦想里
我们还能看得更远更远
但这远远不够
我们还要能够向下、向下、向下
深入土地的肌肤
感知它们的冷暖
深入人心的向背
感知它们的期望
深入细致的细微
感知生命的艰辛、无助和无奈……
我多想化作这样一只神鸟
在它们之间自由地、充满敬畏地
飞行

2015 年 10 月 27 日

不屈的春心

蜡梅还在路上
百花销遁
西风肆意雕刻着冷

楼下几株月季倔强地摇曳着
亮出坚硬的利刺
把一朵朵纯白挺起

不求艳丽
任西风打磨
凝聚的
是一颗不屈的春心

2015 年 11 月 12 日

灯

灯
在照亮别人时
才闪亮一下自己

世道光明时
人们都把它忘了
世道阴暗时
大家才把它想起

它却从不抱怨
总是招之即来
挥之即去

它多像一个人
一个大家熟悉的人

2015 年 11 月 14 日

轮　渡

一个北方人
走进轮渡
好奇心一下就蹿了出来
绿油油的

风越来越大
江水击打着船舷
也击打着我忐忑不安的心情

船并不直达目标
先逆行，亮出肌肉
再顺势斜插，回头靠岸
曲折的历程
多像我们的人生

2015 年 11 月 16 日

孤　独

我将走进孤独

碾磨忧伤

好在我有诗

那哗哗哗的泉声

会荡去

我不适的沉渣

当雪花紧赶着

隆重飘起的时候

我们又会相聚

到那时

小家伙稚嫩地啼哭

该是多么的

纯真

2014 年 10 月 7 日

静 候

你的列车向前 向前
我的思绪拉满 拉满
抢着赶往
共同的季节
女儿的女儿
将要发言

你把所见
砌进思念
我把问候
注满望穿
静候吧
静候那惊人的
一突
你的所见笑弯了腰
我的牵挂滚成了圆

2014 年 10 月 8 日

路边的小草

路边的小草
挂满晶莹的露珠
张望

岁月匆匆
风儿叼走了它的青翠
霜儿枯黄了它的叶茎
雪儿将它深深地埋下

黑暗里
它就是不哭
悄悄把一双复苏的拳头
攥紧

2015 年 12 月 18 日

脚 印

岁月的一头
像个老人
说不会走，就不会走了
说坐轮椅，就坐轮椅了
说没，就没了

岁月的另一头
像个幼儿
说会坐，就会坐了
说会爬，就会爬了
说会走，就会走了

我是一个肩挑两头的人
回望走过的路
在鲜花、阳光、清辉的鼓噪里
只留下些虚无的影子
唯有在泥泞的路上
在漫天的风雪里
才留下一行行清晰的
脚印

2015 年 12 月 21 日

她

她
长发飘飘
说话间，一闪一闪的

初看，像我年轻时的母亲
再看，像我初恋的女友
再看呀，我那绿油油的青春
就风波连天了

一转眼
她就不见了
那呼啦啦的飘落
多像我
拢不起的思念

2015 年 12 月 26 日

岁末的阳光

岁末的阳光
倾泻在我的床上
倾泻在我这辆
节奏一变就吱扭乱响的马车上

闭目养神
眼前一片金黄
暖洋洋的
外面的凛冽，暂时与我无关

静下心来
不能不想这一年的收成
惨淡得很呀
所以，我不睁眼
我不睁眼，这阳光就无法向我讨要秋果
就让它肆意地滚吧，淌吧
退潮后
我还得把一粒坚持
捡起

2015 年 12 月 30 日

落 日

确切地说
我看不见落日
那之间
隔着一片树林

也许
正因为隔着
才感受得
更深

瞧!
那深情的目光
在绿叶间
闪烁着
激动着

不经意间
就暗淡下来,清凉下来
多像母亲
那故去的眼神

2015 年 6 月 10 日

春 雨

吧嗒，吧嗒地啃咬了一夜
也没拽出一轮湿漉漉的朝日

她说她要走了，和着风

来不及远送，来不及远送
探头窗外，满地都是她留下的嘱托

2016 年 5 月 14 日

故 乡

故乡是一面旗
风平浪静时，就那么竖着
一有风吹草动，就鼓荡起来，鼓荡起来

故乡这面旗，也是会老的
就像我这根木质的旗杆
一点点被侵蚀，一点点被蛀空
突然会在某一天折断
连旗一块儿融进泥土，融进深藏的根系

当然，一面新旗，又会被子女们擎起
我的故乡，也许就幻化成
一抹绿油油的魂了吧

2016 年 1 月 12 日

冷

雪后
冰磨刀霍霍
风是它挥舞的长臂
我的手被划破
我的耳朵被切割
我的心被剜开，冰冻
我是这个世界上最冷的人

脚手架上
传来金属的撞击声
在云霄
有人影浮动
攀爬在别人的高处
与风雪鏖战的
都是些毫无保障的人
他们被称为——
领导阶级

一声尖叫
我的冷
顿时被吓掉一半

2016 年 1 月 25 日

卤　水

生活的卤汤沸腾

咕嘟咕嘟地冒着热气

几千年的老汤呀

不时加些慢火烹炒的葱姜蒜、干黄酱、甜面酱、豆瓣酱

再加些辣椒、花椒、八角、香叶、桂皮、丁香、白芷、草果……

再加些酸甜苦辣，加些数理化，加些唐诗、宋词、元曲……

再加些火辣辣的现实和人民的苦难

我的少年、青年、中年，已先后出锅

味道不是那么醇美

现在是我的壮年，将来还有我的老年

我一定要处理好自己的脏、腥、臭

用碱水搓，用盐水腌，用开水烫

务要干干净净地下锅

在咕嘟咕嘟的煎熬里

鸣响自己的绝唱

2016 年 1 月 29 日

曙　光

磨砂般的光亮
悄悄爬上我的窗帘

夜色一片片滑落
隐约有撞击的疼痛

阳光一点点蔓延进来
退去阴暗

2016 年 2 月 8 日

壁立千仞

壁立千仞
压弯多少人的视线
时有倾覆的重

莫仰望，莫仰望
悄然回首
那只不过是一道风景

化作一团云吧
把它摁到脚下，或
游荡期间，最好飘下雷雨
把它洗成我们的精神

2016 年 3 月 31 日

热与冷

春天来了
大地都飘起了绿意
甚至奔跑的脸红

他却热不起来
太多的人热不起来
小声嘟囔着：
今年不好做呀！
话语里拖着长长的无奈
厚厚的冷

也有人无动于衷，甚至高兴
挺着早已丰满的胸脯
一甩一甩的
老张呀，今年房租还得涨
可以不租

2016 年 4 月 9 日

美得如此触手可及

一夜春雨
压弯了满树的娇羞
有一枝，竟伸展到了路面

憋不住的红
似少女的初潮

我无法将它扶直
也不忍心触碰
唯有一朵担忧，纠结着开……

2016 年 4 月 22 日

老李头

半辈子了，滚来滚去
把自己滚成了一个陀螺
没人搭理时，就那么静着
生活的鞭影一闪
便呼啦啦地旋转起来
一副感激的模样

更多的时候，他像棵树
一动不动的
守候着自己的春、夏、秋、冬

2016 年 5 月 10 日

荷与蒲

五月的池塘，已是青翠的世界
各自喊着自己的绿

小荷们一点点地钻出来
等到挺直腰身，才发现已危机四伏
蒲草们气势汹汹地围过来
仔细辨听，似有沉陷者的呼救

几个老人，有一搭没一搭地唠着
照这下去，明年就是蒲草的天下了

2016 年 5 月 26 日

自画像

像棵法桐
总有自己的春

说出新鲜的话
便蜕去陈旧的皮
一生一死里
长

哪天我变不动了
就燃进焦黑里
还账

2016 年 6 月 3 日

卖烤红薯的老哥

卖烤薯的老哥
几年前　就在这逛荡
风里来　雨里去
被岁月赶进了冬季

几年前老伴就去了
也无力续弦
用他发虚的话说
就是合不上

孩子们各自追梦去了
他也飘进了异乡
刀割般的皱纹
削不去孤独的凄苦
一点单薄的收入
也忍不住
扔进了"发廊"

好久不见他了
不知道是另谋了出路
还是早已枯败
收场

2014 年 10 月 11 日

冬

这寒冬呀

像一位慵懒的油画大师

叼着西风

不紧不慢地涂抹着

这儿几笔土黄

那儿几笔黑褐

底色的绿

被一笔笔覆盖

也许显得太过沉闷

又在几个空白处

点上蜡梅的红

和月季的黄

可就是不见收笔

左思右想

哦，我知道了

它一定是在等一种颜料

那漫天飞舞的

白

2014 年 12 月 4 日

小　草

长进草坪

多了一份虚荣

少了一些自由

被制度收割

撑起别人的欢笑

把疼痛弯进心里

一阵秋风吹过

泛起怀旧的黄

在那荒野

你是多么的自由

肆意地长

可你却拼命地期盼

期盼一把火

把自己

燃进"新生"

2014 年 10 月 13 日

童　话

一个曾有过树的地方
又冒出几株苗
直些的，被移到了路边
不成形的，留了下来

移走的，按人的标准长成了"树"
留下的，由着自己疯成了"林"

多年后，晚风里
各自收到对方的摇动

2016 年 1 月 6 日

重　阳

梦回邙岭　向阳处
野菊烂漫　酸枣红润
一棵棵柿子树上　挂满热望

月光铺陈下来
一座座土坟　将自己圆了又圆
瞪大眼睛

总让这份热望受伤
今年 我一定要把那些"托词"锁住

2016 年 10 月 7 日

村 庄

像一棵树
被一阵飓风
连根拔起
猝死

那翻翘的枝杈
是没喊出的
痛

朝夕相伴的鸟儿
早已闻风飘散

失去肉身的它
就剩下一个干巴巴的魂
被一座座高楼
压在地下

偶尔也会被唤醒
被临街搭建的灵棚
被灵棚里那声嘶力竭的
哭声

2016 年 10 月 30 日

冬

冬

被西风越磨越快

一刀刀剔下枯黄，剔出精瘦

剔出一片片萧瑟的硬

它没有想到

它无意中也剔下了松软的白

和臃肿的暖

此刻，我站在雪地里

站在一株梅花的擦响里

似乎听到了它深心的悸动

我祈求，再下大些吧

再凛冽些

也许只有这样

来春的凸起，才会

更加有力

2016 年 11 月 13 日

雾　霾

谁描摹的梦
隐去了远
也模糊了近
到处飘浮着软刀子

你躲不开，突不出
被一刀刀温柔着

谁要咳出不满
它就一刀捅破，说这是
人人该分享的成果

2016 年 12 月 20 日

弯曲的人

雨夹雪撕扯了一夜

也没拽出一片松软的白

倒是磨快了风

一刀刀地切割着路人

满地的枯黄

湿漉漉地趴在地上

让扫帚们费尽了力气

挥动扫帚的人

已满头白发

崎岖黝黑的脸上

挂满汗珠

"棉衣是没法穿了"

只见他一边脱衣

一边嘟囔着

……

长长的一段路

都是他的

眼看就要忙完

忽然从路边的豪车里

钻出一位贵妇

被他撩起的脏水
溅湿了几点
一阵叫骂立刻扑过来
扑倒了他怯弱的道歉
也扑倒了他本已弯曲的
自尊

2016 年 12 月 27 日

雾

逼过来
淹没了道路和山林

淹没不了的
是人们前行的脚步

我更不能停下来
做它的俘虏

瞧！我前进
它就不得不后退

尽管它模糊了我的视线
但我依旧能听到她清晰的呼唤：

喂！快来呀
我在这

2017 年 1 月 11 日

小黑屋

它

低矮，潮湿，背阳

蜗居在阴暗里

偶尔，也会有一抹阳光

射进来

尽管是那样的微弱

也让它眼睛一亮

痴痴地笑出声来

仿佛，顺着她

就能找到一轮又红又大的

太阳

2017 年 1 月 20 日

春　节

你一靠过来
花衣服就蹿到身上
怀揣着一百头小鞭
一下一下
把童趣鸣放到天上

你一靠过来
一颗归心
就再也安放不到异乡
拎上大包小包　挤上绿皮火车
哐嗒哐嗒地　奔向母亲的凝望

如今　你再靠过来
我就陷入迷茫
没了父母　也就没了回家的方向

一片片雪花
拽回我的思绪
无尽的洁白里
有一枝蜡梅绽放

2017 年 1 月 28 日

大年初七

夜色
挑着一弯新月
前来送行

到处是悲喜交加的"阳关"
到处是火车揪心的嘶叫
到处是匆匆赶往的脚步

没有谁能停下来
或退回去

有一种沉重
鸣叫得
惊心

2017 年 2 月 20 日

我只想紧紧抓住它

小店终于平静下来
就像湖面失去了风
不知道
这突然揳入的平静能维持多久
我只想紧紧抓住它
放空自己
不关心那些过去的涂抹
以及它们的嘶叫

我只想紧紧地抓住它
放空自己
直到下一次汹涌
让我澎湃起来

2017 年 2 月 16 日

面

白花花的，一副纯真的模样
掺入生活的水、苦涩的碱、干咸的盐，搅
渐渐有了炎黄的肌肤，有了柔韧的筋骨

面对挤压
勇敢地冲过去，一遍又一遍

谁敢在锋利里放歌
我，就是我

这才是路途的一半，为了人们的饥饱
它甘愿，再下沸腾

普普通通的一生
唯愿人们别玷污它，坏了它的名声

2017 年 3 月 9 日

归

细雨中

一辆小车，向蚌埠疾驰

车上有我岳父的骨灰，他不再像过去那样

有说有笑，也不再关心

那呼呼闪过的田野和村庄

他只是静静地躺在小匣子里

一遍又一遍地猜想，泥土下岳母思念的表情

原谅我，岳父！不能亲自送你

我也被生活撕拽着

就像众人被高楼、医疗、学校撕拽着

2017 年 3 月 12 日

感　觉

绿意凸起

粉嫩静开

空气中还有些寒意

可挡不住它们奔突的脚步

遥想冰封时刻

雪花纷纷扬扬　一统天下

可它做梦也没想到

正是它的肆意

一脚踢开了　春天的大门

2017 年 3 月 20 日

守候又一次发芽
——与老同学建辉六小时相聚

我想象着
一只洁白的大雁
拍动云朵，匆匆南行
思念
是你刺下的一道白光

你说
你要在黄河岸边歇脚
圆一个
满满的梦

我是岸边的一棵小草
举着晶莹
把一杆思念
伸进遥望

来了来了
你把羽翅轻轻收紧
来了来了
我把思念啪啪拍响

顺着河流逆行八百里
逆行四十年
我们都早已
陷进彼此的守望

笑声像雨水般飘落
忽又被一段苦难刺痛
在一九三八年扒口处
突然响起
八十九万冤魂的啼哭……

太沉重了
沉重里又裂变出分别
我悄悄攥紧守候
你却傲然翻动羽翅
啪啪——
划出一声再见

2019 年 7 月 11 日

无　题

黑夜

催生一盏盏小灯

一盏盏小灯

渡我

抵

达

2017 年 3 月 23 日

黄河滩的一棵树

被卷入河中
又被推进新的滩涂
就露一个头
依旧翻动着绿意，仿佛什么都没发生

2019 年 7 月 18 日

酸枣树

在黄土高原的沟沟壑壑
你经常会听到贫瘠和干裂的尖叫
能平寂它们的
只有酸枣树

可你别这样叫它
不然，它会羞得脸红

你要真的认识它
就到那些塌陷的地方去吧
瞧它又粗又长的根系
毫无遮掩地裸露在外面
几尺，几丈，甚至更长
你还看不到头
有谁对土地爱得如此深沉
只有它
这一丛一丛的酸枣树

2017 年 4 月 8 日

历史碎片

时下是 2017 年 4 月
对面是枫杨路外语小学
周围都是绿油油的小草
一些守护的花木
肆意地绽放着自己的花朵

一场集会
正在操场上进行
掌声护送着校长走上讲台
同学们，老师们
今天我演讲的题目是：
"为自己活着也很精彩！"
台下鸦雀无声，倒是一群麻雀
呼啦啦——鼓起掌来

2017 年 4 月 19 日

人　民

像朵花

被别在胸上

像口红

被抹在嘴上

像山歌

被唱到天上

像鞋子

被踩在地上

曾经清澈的目光啊

如今堆满了物欲

……

别再玷污他们

别再欺负他们

能拉你上路的

也能把你撂倒在路上

2017 年 4 月 27 日

城市化

一棵古老的树
被耸起的高楼围着
总有一些热望
红红的，悬挂在它的心上

2019 年 4 月 9 日

世纪初

为什么
我们活得像棵垂柳？
因为我们身上
挂满大大小小的石头

2017 年 3 月 3 日

生　活

生活
总黑着脸　瞪我
似乎嫌我跑得还不够快
等我拉出一片风景
她倒先笑出声来：哈哈哈——哈哈哈 ——

2017 年 5 月 11 日

微　妙

一个国家
被几枚硬币裹挟着　旋转

嘭嚓嚓　嘭嚓嚓……

2017 年 5 月 13 日

槐　花

一提起花儿
眼前就有五颜六色的泛滥
在人们的喜爱里
它们自由地
流淌

可有一种花
却没有这样的幸运
瞧！一个个小乳房还没有胀满
就被整枝整枝地扯下
那白花花的骨茬
是母亲
无助的忧伤

2017 年 5 月 16 日

月 牙

一点点咬破黑暗
点亮自己

也点亮
无数个黑黢黢的黎明

2017 年 7 月 2 日

环卫工具箱

沙发似的
蹲坐在政府大楼对面
眼瞅着一些"豪华"飘进去，又涌出来

它也被"豪华"上了
瞧！一身不锈钢装束
坐面和靠背，还镶上了枣红色的硬木长条
阳光下
一闪一闪的，似乎在寻觅着什么

太孤独了
没有亲兄弟
一些远房亲戚，也只能裹一身铁皮躲在不远处
再远就什么也没有了
那里的清洁工
只能靠在它们的影子里，喘口气

2017 年 7 月 13 日

荷　塘

清高了几千年
一路含着青翠，哼着山歌
走过来

什么时候
你的周围飘起几抹蒲草
像欲望，疯长

你的天空越来越小
你的歌声越来越廋
你被欲望的皮鞭抽着
一点点，沉下去

荷塘变成了蒲塘
变成了一双双惊愕的眼神
暮色里，有一辆挖掘机
开过来

2017 年 7 月 21 日

七 月

反复捶打一块铁
溅起的火星
是一粒粒不屈的坚韧

若要成型
还要被反复打磨
直到私下里蹿出一声痛
你就亮出了锋利

光阴，弯弯曲曲
爬上七月的刀口
谁能在火中抽身而去？

2017 年 7 月 26 日

关 心

卖地
村干部们关心
政府们关心
开发商们关心
像盛夏的青草
绿油油地挤在一起

如今村子没了
换一批高楼大厦
替它们活着
也有活不滋润的
瞧！这个售楼中心
被一片白色的横幅围着
梨花般怒放
看不见关心们前来
一开
就是一个多月

不远处
就是政府大楼
为人民服务几个大字
被死死地钉在墙上

2017 年 8 月 6 日

蒲　草

被植根在塘边
绿油油地钻出来
啊！天空多么辽阔，飞翔

转眼被暴尸街头
一群乌鸦撕扯着：谁让你飞越了"点缀"

2017 年 8 月 12 日

月　季

楼下有几株月季
像只笔
刻画着　眼前的一切

比如　残冬咬破积雪
吐露一朵丰润
比如　盛夏突破藤蔓的纠缠
高高挺起一盏灯笼
比如　深秋话语越来越少
越来越窘迫　越来越干裂　甚至噤声
比如　深冬裹着干瘦的肢体
一道道划破风声

我该怎么形容它呢？
其实　它并非月月有"季"
但都赶跑在开放的路上

2017 年 8 月 25 日

淌

摁下心头的波涛
把自己溶进去
像盐
溶于水

渐渐的
你干咸的颗粒不见了
你成了
它们的一部分

这时候
你可以拧开笔端
挑出一条溪流
淌

淌出一个湖面
淌出九曲十八弯
淌出一个惊心动魄的
跳
也淌进
他们的心里

2017 年 9 月 1 日

捕　获

她违章，纠缠，撕拽
你麻利地将她撂倒

她怀中的婴儿，飞出去
撞痛了路面
却撞不痛一张捕获的网

2017 年 9 月 5 日

洗

风呼呼

驮来一场秋雨

草木们一下激动起来

手挽手

唱起纯粹的歌

被洗去的污浊

悄悄涌进根部，等待着

另一场救赎

我就像

它们中的一员

在我心里

也下着另外一场雨

2017 年 9 月 12 日

秋日的法桐

一棵法桐
开始有着淡黄色的尖叫
倦意里布满灰尘
没有风
阳光一团团压过来
让他把视线
又放低了一些

此刻
他多么需要一场雨
又害怕
一场雨

2017 年 9 月 21 日

花

就是败了
我也要为你歌唱

你已经尽力了

把一粒粒希望
拽拉到这个世上

2017 年 9 月 24 日

声　音

我听到了高楼刺破云朵的"呲啦"声
我听到了土地不堪重负的"咯吱"声
我听到了无数房贷的尖叫声
我听到了无数收买的嬉笑声

此刻
我听见了笔尖摩擦白纸的"呲呲"声
我听见了
黑字撞击世道的"砰砰"声

2017 年 9 月 30 日

霓虹灯

阳光下
你温柔，怡人

一挨到夜色，就变换了模样
血淋淋地
啃红半个天空

2017 年 10 月 2 日

酸枣树

长长、黝黑的根系
悬挂在岸边的绝壁上
像黄河溅起的涛声
一头伸进辽阔，一头拧紧逼仄

2019 年 7 月 2 日

笋

隐约的雷声
惊醒一粒粒沉睡

瞧！它们躁动起来
一个个突破黑暗，突破压制，钻出来

到处是他们奔走的脚步

2017 年 11 月 17 日

减　法

不等岁月发狠
大树们已开始做起减法

它们的减法是金黄的
如果有风，它们还会泼洒它们的黄
哼唱它们的黄

穿行在它们的歌唱里
我也开始做起减法
我的减法是
浅白的

2017 年 11 月 22 日

相　聚

明天，我将踏上西去的列车
向三十五年前进发

曾经的青翠
想是已白雪茫茫了吧？

相聚
是一群惊起的麻雀

瞧！幸福越积越厚
分别是融化后的鸣唱

2017 年 12 月 22 日

覆 盖

小寒时节，大地上布满伤痛
一场大雪想尽情地覆盖

也有它覆盖不了的
比如那些直立的事物

但更多地被覆盖
像一座巨大的医院

一些疮口被揭开
溢出黑黢黢的毒汁

一些深藏的痛
还不能被触及

这要等到云开雾散
一轮红膏药死死地贴上来

2018 年 1 月 5 日

老 伴

月光下

我们背对背靠着

你说：少年

我说：像梦雪

你说：青年

我说：像下雪

你说：中年

我说：像化雪

你说：老年

我说：像忆雪

然后我们开怀大笑

那交汇的目光

溅起一朵朵幸福

2018 年 1 月 6 日

大雪赋

黑暗涂抹着黑暗
寒冷分蘖着寒冷
一张黑压紧另一张黑

忽然，一道闪亮
揭开一个隐秘
黑暗里，飘下无数根骨刺

雪越下越大
一朵巨大的黑
被一点点提纯、漂白

匆匆赶行的人们
仿佛也被雪花点亮
留下一串深深浅浅的拷问

2018 年 1 月 15 日

雪

黑暗里
谁？悬腕提笔
一笔一笔地描
看似冰凉的语言
却饱含着一腔热情

秀出一座银山
秀出一片莽原
秀出一条凝固的河
你太累了
刚刚躺下休息
又被一轮朝日叫醒

不容讳言
你也剔出一条泥泞
那是一条被希望抬起的
弯曲

2018 年 1 月 28 日

年

像一头金黄色的狮子
蹿出来
撞落一地的高兴

这缤纷的叶子呀
有的还青翠着
有的已燃烧得鲜红
还有的，已经干裂成深褐色的痛

有一缕阳光，飘进来
撩起些许寂寞
儿女们的笑声
还赶跑在回家的路上

2018 年 2 月 16 日

飞

经过一道道考验
终于坐进待飞

待飞，是一朵带刺的玫瑰

仿佛又回到过去
一张通知书，煮沸了我稚嫩的激动

起飞了，云海被我踩在脚下
一步步摇进异乡

一晃就是几十年
一朵白云兰
却再也买不回返程的机票

2018 年 2 月 28 日

期　待

如一望无际的大海
汹涌着
一点点逼退黑暗

乌云
是最后的挣扎
拼命地遮掩着

无数双眼神射下去
溅起一片片
逃窜

一轮圆满
终于蹿出
熨平一双双干裂

2018 年 3 月 5 日

分　别

夜色嘀嗒嘀嗒地
倒数着分别
灯光
是我们闪烁的留恋

一片片金黄
落下来
一双双热手
贴上去

一棵巨大的木棉
渐渐
隐——入——夜——色

翻去别离
一朵朵硕大的火红
又会在明天
绽放

2018 年 3 月 11 日

有这样一批人

被时代裹挟着，走进江湖
又被迫上岸，退守进生存里

偶尔，也会有一些小花
挤进他们的窘迫
不合时宜地
摇——呀——摇

2018 年 3 月 15 日

飞　翔

一阵轰鸣
爬上万米高空

一尾游动的鱼

并没有万亩荷塘
你要穿越，就要有咬破天空的力量

2019 年 11 月 7 日

清　明

清明

是一朵朵洁白

有的干裂了

爬满疼痛的虫子

有的还鲜嫩着

被泪水一遍遍地浇灌

我愧疚

不能常跪在它们的洁白里

我欣慰

总有颗敬畏，赶跑在它们的期盼

2018 年 4 月 5 日　清明节

她

她
就戳在那
我们每天都在抵达，又没能抵达
她是一朵
含苞待放的花

2018 年 4 月 12 日

下　班

关灯
扑进松弛

夜色多么好
大把大把地簇拥着我
浮起一颗沉重

汗水是咸的
被风一张张掀起
凉丝丝的
顾客的微笑是暖的
一层层
裹紧疲惫

感慨
从心底涌出
吧嗒吧嗒地
敲响
一份坚持

2018 年 4 月 24 日

剥

请回来

你不能让饥饿鲁莽行事

你要放一放

放进盐水里

放进思想里

让它们静静地

交流

待时间爬过一段崎岖

你就可以点火了

看它们

逐渐升高自己的激情

看它们

不由自主地溢出体香

关火也是必需的

你还要让它们平静下来

用冷水击

用坚硬敲

敲出一些裂缝

剥、剥、剥

剥出一腔温热

剥出一团光华

剥出一轮圆圆的
月亮

2018 年 4 月 30 日

防盗网

感谢时代

一介平民

还有卫士守护

你的疲倦

写在脸上

锈迹

布满深陷

感谢你

给我以坚硬

也不再抱怨你

分裂了我的天空

况且

况且一些野生藤蔓

已悄悄爬上你的肩膀

将隔离

一笔笔

缝

补

2018 年 5 月 17 日

蔷　薇

谁说五月的门没关
你就谢了？
你只是把她寄给
更远的人！

留下的干瘪
是你不屈的影子
你还在鼓与呼
用青翠的手
还在凝聚
那不起眼的小坚果
还在磨制
那越来越快的尖利

迎着风！

2018 年 5 月 22 日

花

点亮一双双喜爱
把枯境留给自己

月光下
你一点点交出水分
交出一双紧握的手

该放下就放下吧
一路走来
有那么多绿意抬着你

你不说开花结果
开了
也不一定有果，但

你呵护有果的
有果的，也呵护着你——
你们共同的梦

该走了
晚钟当当

瞧你斜斜地笑着

挽着风

2018 年 5 月 29 日

野生藤蔓

绿油油的
爬满我的窗户，爬满我的喜欢

叫不上名字
就爱看它，不屈不挠的样子

今忽见它
耷拉下脑袋，挂进蜷缩
像一个罪犯，被吊死在城头

痛
一滴一滴，往下淌
打湿了它的"犯罪"——

窝藏在隐秘处，年复一年往上爬
试图偷窥别人的隐私，试图
打破绿化体制，试图
走出一介草民

2018 年 6 月 5 日

端午感怀

没到过汨罗江

却总能听到它的涛声

没到过"战国"

却总能看到一个身影

他的悲愤

刻在脸上

他的不屈

跃上头顶

瞧他——

甩长袍，捋长髯，放悲声：

路漫漫其修远兮

吾将上下而求索

一个箭步，跃入历史

跃入江中

溅起的浪花呀——

一千年不落

两千年不落

……

2018 年 6 月 10 日

新 竹

从远离竹林的地方钻出来
刺进纸醉金迷

为了"布道"
你在黑暗里爬行了多久？

2018 年 6 月 18 日

一封长信

一封长信
总挂进怀念

时不时
有一些青翠的声音
从里面蹿出来

更多的色彩
被分别的拉链锁住
封进一坛老酒

你看不到里面
里面也看不到你
各自在自己的酒曲里发酵

封堵的黄泥巴
终于迎来一把重逢
撬开的酒香里
缀满五彩缤纷的
文字

2018 年 6 月 24 日

夜　行

终于走出灯火辉煌
走进僻静

夜色越来越重
像报复灯光的驱赶
一团团围过来

路也越来越模糊
仅露出
一条弯曲的尾巴

黑黝黝的树林
像一把拧紧的龙头
溢不出一滴鸟鸣

我的执着
也开始松动
甚至幻想
一盏微弱的点亮

深寂里

咚咚咚的心跳
搂紧，啪啪啪的脚步
急觅
一条返回的路

2019 年 12 月 14 日

实体小店

这家小店
已开了十二年了
像一座果园
色相、品位都好

今天老板有点异常
每送走一位客人
都会把眼神
拉出好远

夜已深
最后离开的
是一对母女
母亲先走，小女孩跑回来：

"爷爷，你家的面
可好吃了
我们还会来的！"

老板高兴得
直哆嗦

她不知道

明天，这家店就不在了

2018 年 7 月 26 日

老照片
——高铁上看邹红岩同学发
几十年前全班合影有感

时光拽不走
你的青翠
几粒泛黄
是你隐忍的叹息

几十双沧桑
围过来
自己
却抱不紧自己

彼此盛开的惊叹呀
究竟是谁的
更鲜?

一张新的合影正悄悄
走近
火红的鸣放里
应该有你
欣慰的笑脸

2018 年 8 月 17 日

登高望远

登高的绿叶一展
望远这朵花　就开了

那么娇美
总诱导着人们
从树顶　楼顶　山顶
一直那么追着

直到爬上三千五百多米的太白山峰
你才知道
云雾之花　开得更猛

已看不到那朵娇美
偶尔被几抹阳光撩起
也是一副倦容

迷雾漫过来
懵懵懂懂的下滑中
忽又被一朵远方点亮

2018 年 8 月 30 日

夜　行

走进深夜
到处是
沉默的黑暗

你发现
最黑的
并不是　遥远的天空

所幸
还有一些光亮
闪烁着

你加快脚步
并随时　准备
把自己点亮

2018 年 9 月 7 日

胡杨之舞
——看舒怀林老大哥拍胡杨照有感

你一舞
就是几千年
太阳的掌声
都涨红了

你
又像匹骆驼
跋涉在沙漠里
一路
举着青翠
举着火把
举着不屈
举着死亡

一个定型
你就不走了
呼叫还凝滞在天空：
我是胡杨
一万年不倒
不腐

2018 年 9 月 6 日

车　灯

划破黑暗

没有屈服凹凸不平的恫吓

更加勇猛地前进

高举着

希望的火

1982 年冬

同学之情
——看我和马银波同学的合影有感

我们畅谈些什么？
太白山峰知道
我们欢笑些什么？
浮动的云朵知道
我们碰撞起什么？
浓浓的幸福知道

分别的缰绳
拽不住岁月的铁骑
唯有一朵叫"同学"的
开放得更鲜

2018 年 9 月 7 日

下雨了

下雨了
山野举起云雾
小路举起弯曲
鲜花举起明亮
小草举起晶莹
鸟鸣举起忽明忽暗的尘世
我举起沧桑
和击打在它们上面的雨声

2018 年 9 月 19 日

夜色中的街道

像两根发红的枪管
奔突着
飞驰的子弹

有的　瞄准欲望
有的　锁定信仰

2018 年 9 月 26 日

在雨中

苦心经营　十二年的小店
今天关门了
一树的落寞　拼命地摇曳着
雷鸣就在不远不近的天空　炸响
闪电　划开一道道口子
大雨
倾
盆
而
下

在雨中
我像一棵树
又不是　一棵树

2018 年 8 月 1 日

走进五点

走进五点
你还分不清哪个是黎明
哪个是夜色

一些门店的招牌还亮着
路灯还亮着　月亮和星星还亮着
清洁工的扫地声　更亮着

比起那些高大的事物
扫帚们的身影
显得　那么卑微

一闪一闪的工装
像梳洗尘世的　露珠
一晃　就消失在火红的鸣放里

2018 年 10 月 2 日

弯曲的脊背

拉满了
也没能射中一丁点幸福
倒是能扛起灾难
把一家人的生存
摆渡

2019 年 11 月 7 日

野 炊

小树林里
一堆干枯的树枝
伴着土灶　陷进孤独

忽然
赶来一批喧哗
人们放上铁锅
塞进枯枝
点燃

冬天
一下笑出声来
炉火也欢跳着
指指点点

人们围拢着
凝望着
仿佛一下回到童年
回到母亲的身旁

铁锅咕嘟着

渐渐溢出清香
拽紧每个人的喜爱

"大厨"一声开吃
把一次野炊
涂抹得
丰
富
多
彩

2019 年 11 月 10 日

塔 吊

大力士似的
转瞬间
就拉高了城市
拉高了人们的仰望

停不下来
总有更高的云朵
呼唤着你

偶尔
也会躺进蜷缩
感怀几粒
沉重

被自己竖立的
都压在
土地和仰望们的肩上

2018 年 11 月 22 日

香　港

从海边
一直涂抹到半山腰——
用林立的高楼

从图画中走出的人
总提着一口气
匆匆地赶

那飘浮的云朵
也是它浓重的一抹
感叹
一遍遍拍响

一幅精致的画
题款靠右
正好——
坐稳它的江山

2018 年 12 月 29 日于香港

雨夹雪

谁？
总爱弄出些动静
噼里啪啦地
溅起一团团
清凉

谁？
也学会了收敛
裹起一片片霜意
缓慢地
舞

谁？
被谁感动
又将谁
轻轻地托起

谁？
又悄悄地沉下
沉进一粒
肿胀

2018 年 12 月 7 日

元　旦

走在这新旧交接上
夜色比寒冷还重

路边的法桐
是一副枯死的模样
你看不见
它深心里的悸动

一些常绿乔木
似乎喊出了坚持
不过倦意里
还是有些不适的僵硬

我无意贬褒哪个
我更在意脚下的小草
它们软软的
托起这个深冬

2019 年 1 月 1 日

城市的夜空

城市的夜空
看不见星星

嗨！难道都跑到了地上？

苦了一轮孤独
或掩面哭泣　或闭上眼睛……

2019 年 1 月 15 日

年 味

又嗅到了你的味道
咕嘟咕嘟地冒着热气
就是周围的凳子
还是空的

窗外飘来嘀嗒
似亲人赶回的脚步
有的回不了啦
被困在遥远的天国

索性撑起一把期盼
听她们敲击
一点点
靠
近

2019 年 2 月 1 日

元　宵

从冰箱取出
还是那么白、那么圆
只是裹了一层厚厚的冷

仔细辨听
似有歌声从它深心溢出

原谅生活
有太多的孤独
画不圆自己的十五

水开了
煮一锅月亮
瞧它们一个个跳下
胀满、浮起来……

2019 年 2 月 20 日

有点老了

退回根部

离地还有一步之遥

草丛里的世界看得清晰

一只蚂蚁驮着硕大的沉重

能让你泪流满面

一只蜗牛缓慢地蠕动

能让你泪流满面

一片枯黄细微地嘶叫

能让你泪流满面

……

2019 年 3 月 3 日

备汛石垛

像一队队武士
伫立在高高的堤坝上
一年风调雨顺
二年风调雨顺
十年风调雨顺
……

和平得太久了
到处是滋生的懈怠

多亏一场坍塌
暴露出你的空虚
也敲响一场急切的修复

2019 年 5 月 18 日

观　照

——看老同学发自日本的照片

一树树樱花
闪亮
点燃满园的快乐

扑面的幸福
是红的
萦绕的清香
是甜的

我忍不住
截去千山万水
轻呼一声
祝——福

2019 年 3 月 22 日　临屏感发

冬日的黄河

冬天
不经意就走进了深处
黄河
也越来越瘦
裸露出大片的胸肌

我终于可以划着自己
伸进去

岛上的芦苇
是她蠕动的心跳
那巨大的胃
容纳着数不清的起伏、弯曲和杂物

我忽然深陷内疚
又被
一串穿越的雁鸣扶起

2019 年 12 月 22 日

雨

走在雨后的小路上
时不时
被几粒清凉砸中

仿佛是最后的叮咛

我忍不住
抬头凝望
啊！满树都是
绿油油的皱纹

2019 年 8 月 5 日

点 燃

隔着围栏
几十朵月季挤在一起
燃——烧

也许是　憋得太久
也许是　赶得太急
似能听到　它们怦怦的悸动

加上雨水的　滴答
加上微风的　摇曳
让它们的火焰　蹿得更高
……

不知不觉
就滑进暗淡
退守　干瘪

不过
在它们起伏的　皱褶里
又有数不清的暗火
在呲啦　呲啦地
点燃

2019 年 4 月 28 日

构　树

绿化带里
并没有你的位置
你自己
钻出来

多少次
躲过生死
蹿成
一棵大树

深秋了
一树鲜果
啪嗒啪嗒地坠落

没人捡拾
任人踩
任雨水淋
汪出一团血色

我忍不住
回头凝视

雨幕里

唯有平静

滴答着平静

2018 年 9 月 15 日

秋 荷

总想拍下——
你被青翠点亮的红润
无奈黄斑
已悄悄爬上你的前额
一些深褐
也哼唧着在你的湖面凝定

我还是按下快门
截取一朵坚持
就像我
深秋里还搂抱着一粒纯正

2018 年 9 月 15 日

谁弄脏了我

河边草地上
有野炊留下的痕迹
到处是脏兮兮的塑料袋、塑料盒、餐巾纸……

像一只只蝎子
刺进母亲的肌肤

河水汹涌着
没有抱怨
只是偶尔
拽下几声坍塌

2019 年 5 月 18 日

一棵巨大的银杏树
——献给"汉威"21华诞

从一片废墟里
挺起
茁壮地长
一片叶子，两片叶子……
一根枝杈，两根枝杈……
转眼已二十一年
转眼已蹿成一棵巨大的树

靠近你
仿佛听到
你年轮旋转的声音
哪一圈？
旋进国内领先
哪一圈？
旋进世界翘楚
哪一圈？
旋进百年大计，千年大计

不知不觉
又靠近你的华诞

作为你的一片叶子
真为你高兴
祝福你——
中国的汉威，世界的汉威
我生命的树

2019 年 9 月 7 日

献给祖国七十华诞

金秋
裹紧丰硕
在蓝天下摇曳
白云
是它溢出的喜悦

我也是它
浓重的一抹
簇拥着我的树，我的梦
纵情地歌

还有
那草间穿越的飞燕
那鸣动丰收的"马"车
那奔腾的山
那跳跃的河
都在真情地祝福——
我亲爱的国

祖国笑了
笑得从容

笑得灿烂

笑满蜿蜒的路

笑满奋力的搏

2019 年 9 月 25 日

献给祖国七十华诞

黄 河

终于

从崇山峻岭里挣脱

邙岭

——是你甩下的一句感叹

终于可以敞开胸怀

终于可以自由地流淌

甚至

跃上大地的头顶

你没想到

你的泛滥

又催生一道新的束缚

你不懈地翻卷着

似在反思

又像是磕问……

2019 年 3 月 14 日　黄河岸边抒怀

车　灯

一把闪亮的钥匙
插进黑暗

不停地扭动着

夜太深　也太硬
它们微弱的
像几粒溅起的星星

这不打紧
你只需伸进它们的执着——

瞧它们
一点点扭开一道缝隙
一点点扭出一尾醉翻的鱼
一点点扭出一群飞溅的掌声
一点点扭出一声突破遮挡的尖叫

无须掩饰，也扭出
一连串感叹
一幅残缺的美

2019 年 6 月 12 日

靠近一朵白莲

六月的荷塘
到处是点燃的欲火
只有她
双手合十
静静地祈祷着

我想靠近
又怕惊了她的虔诚

也无法靠近
隔着船
隔着滑倒和刺伤
隔着数不清的凝视

罢罢罢
除却这所有的纠结
我忽然化作一只蜻蜓
翩翩地靠近
沐浴在她纯白的圣洁里

2019 年 6 月 24 日

观照有感

——女儿和外孙女相视而笑

那交汇的目光
溅起一朵朵幸福
甜甜地
流进心里

妈妈
是孩子的床
孩子
是妈妈的梦

爷爷奶奶
姥姥姥爷
是一轮轮
翻山越岭赶过来的
祝福……

2019 年 9 月 25 日

中秋感怀

今天是中秋
早上的八点
我躺在
思
念
里

我的思念
是一层层的同心圆
尽管和月亮
隔着时间
隔着雨幕
月光
还是注满了我的思念
白花花的
溢
了
出
来

像瀑布

撞击着我的礁石

哗哗哗

哗

哗

哗

2019 年 9 月 13 日

（阴历八月十五）

赶走在通往雪花的路上

初冬的雨水
有了些锋芒
赶走在通往雪花的路上

路边的法桐
是一群叛逆的小伙
翻动着火把
亮出坚硬的枝杈

你赶走在它们之间
像一只飞鸟
刺进寒冬的肌里

没有人知道
你去向哪里
还有颗春心
在白雪茫茫里萌动

2019 年 12 月 18 日

都是些白发苍苍的老人

扶住自己
让疲劳坐下来
喘口气

石阶是凉的
好在汗水
是热的

扫把
就躺在旁边
揪心地瞧着自己的主人

曙光
一道道铺过来
泛起一些光亮

他随手
拨弄着石缝里的小草
就像拨弄着逼仄的自己

2018 年 10 月 19 日

蔷 薇

长满尖利的枝条
使劲——
摇曳着风

终于
刺破三月的尾巴
拽出
一抹抹新绿

围堵的铁栏
躲进心虚
无奈地掰数着无奈

这时
雨水赶过来
一鞭鞭抽着——
这赶往四月的马

2019 年 3 月 26 日

注：中原及北方，蔷薇大都三月底抽芽，四月初绽放。

雨夜偶感

黑漆漆的天空
像一座危房
呼呼啦啦地　滴漏着

一些灯盏　坚定地支撑着
散发出圣洁的光亮

人们穿行其间
没有言语　只是偶尔
把一团交汇的目光　攥紧

2017 年 3 月 24 日

有一抹阳光射进来

被困于时间的深处

被困于一时的闲暇里

有一抹阳光

透过长长的甬道

射进来

似乎　想熨平些什么

又似乎　想点亮些什么

我们相顾无言

沉默

是一粒膨胀的种子

2017 年 5 月 1 日

夜 行

夜已深
赶走在回家的路上

燃烧了一天的炉火
还没有熄灭
只是加满了黑炭

忽然
传来一阵鼾声
从路边的人行道上

一个个疲惫的归人
已沉入梦乡
任蚊虫
在他们身上
载
歌
载
舞

2018 年 7 月 17 日

心照不宣

小区绿化带里
有几棵大树莫名其妙地死了
锯们，切下它们的躯体
留下一双双干瘪的眼神

曾经庇护过的土地
如今被一抹抹小青菜占领
种菜的人，从不敢和它正视
生怕被它突出的愤怒绊倒

人们都心照不宣
任由一片"私意"大摇大摆地绽放

2017 年 11 月 3 日

走廊上泛起的白与黑

长长的走廊
伸进一个时代，伸进一片雾霾

你能看到的，都是白的
包括天使们的外罩

渐渐有了病人进入
他们的心情，也是白的

他们祈求能照出自己身心的黑
绿油油的信任里，插满火红的十字

他们没想到，他们被告知的并不都是真的
常常被扭曲，变形，甚至无中生有

这个秘密，是那个坐在走廊上的医生挑破的
她犯"众怒"了，她被发配到这里已五百多天了

2018 年 3 月 25 日

呼　救

一根铁丝

不知道什么时候

被谁

捆在一棵树上

如今

已长进树的肉里

伸出的锈迹

像伸出的一段呼救

我不忍心

再看它们疼痛下去

转身取出解救

也解救我自己和

我的敌人

2018 年 10 月 4 日

铁浮桥

一群铁哥们儿
手挽手
就铺出一条穿越的路

裸露的肌肤
涨满青筋
咣当、咣当地喊着——
加油

一条生命的河
被它们奋力推过

2019 年 5 月 18 日

滩　涂

一点点
伸出自己的舌头
逼退河流

龟裂的背书
写满稚嫩，和几抹
虚妄的摇曳

不知何时
就陷进反转
被河水一口口咬断——

咬进
三十年河东，三十年河西

2019 年 5 月 18 日

黄河一九三八年扒口处

几个大字
跪立在黑色的大理石上
祈求宽恕

他们之间隔着
隆隆的炮声
隔着八十九万冤魂的啼哭
……

不知谁嘟囔了一句：
黄河决溢一千六百次
唯有此次被人炸

天空便飘下了"雪花"——
从杨柳们的深心溢出
在清明的阳光里
游荡，游荡……

2019 年 4 月 12 日

黄河水

穿过黄土高原
就烙上了炎黄的印记

负载的太多了
不得不
一路沉淀、一路冲刷、一路咬破千难万阻……

终于抵达
掏尽肺腑
铺就一片片新的海岸

2019 年 5 月 18 日

故 乡

一瓶老酒
歪倒在思想里

喝酒的人走了
抱怨的人也走了
剩下一瓶空旷　枕着更大的空旷

2019 年 8 月 12 日

黄河滩的小草们

雨后的黄河滩
小草们更忙了
一个个赶着伸展自己的筋骨

它们不像
堤外的麦田
只能自己打理自己

有的匍匐着　四下出击
有的　把自己的天空顶了又顶
有的　轻吟着细碎的嫩黄
有的扭动腰肢　把辽阔又推了一推

河水就在不远处
仿佛一个转身，就能再扑上来

看不见它们的恐惧

一些同伴被卷走了
一些同伴歪倒在水里　露出洁白的根系
依旧看不见　它们的恐惧

2019 年 6 月 20 日